Liebe Freunde der Schule der magischen Tiere,

es gibt viele Dinge, die Spaß machen:

Kuchen essen. Spielen. Und lesen lernen!

Buchstaben werden zu Wörtern.

Wörter werden zu Sätzen.

Aus Sätzen wird eine lustige Geschichte!

Ich erzähle euch heute eine Geschichte

von Murphy, dem Eisbären.

Manche Wörter sind leicht.

Manche Wörter sind schwer.

Sie haben bunte Silben.

Kannst du sie lesen? Ganz bestimmt!

Viel Spaß! Eure Margit Auer

Margit Auer

Die Schule der magischen Tiere ermittelt

Der grüne Glibber-Brief

Mit Bildern von Nina Dulleck

CARLSEN

Kennst du schon DIE SCHULE DER MAGISCHEN TIERE?

In dieser Schule
haben viele Kinder
ein magisches Tier.

Die magischen Tiere sind
die besten Freunde
ihrer Kinder.

Sie sind nicht
wie andere Tiere.
Magische Tiere
können sprechen!

Mister Morrison
bringt die Tiere
zu den Kindern.

Er weiß,
welches magische Tier
zu welchem Kind
gehört.

Bis dahin wohnen die Tiere bei ihm:
in der magischen Zoohandlung!
Hier ist es immer lustig!

In der magischen Zoohandlung
gibt es viele Tiere.
Aber nur ein Tier
ist ein Detektiv!

Murphy,
er ist ein Eisbär –
und er ermittelt!

Das spricht man „Mörfi" aus.

Pinkie, die Elster,
hilft ihm dabei.
Zusammen lösen sie
jeden Fall.

Was sie wohl diesmal erleben?

Inhalt

Im Garten

Die Sonne scheint,
die Vögel singen.
Bienen summen
durch die Luft.

Murphy sitzt
im Schatten
unter einem Baum.

Er trinkt eine Limo
und isst Kekse.
Es ist fast drei Uhr.

Da kommt ein Fuchs vorbei.
„Hallo Rabbat,
was machst du denn hier?“,
fragt der Eisbär.
„Ich brauche deine Hilfe!“,
ruft Rabbat.
„Immer mit der Ruhe“,
sagt Murphy.
Er schiebt Rabbat
die Kekse hin.

Der Fuchs schüttelt den Kopf.
Das ist komisch.
Rabbat liebt Kekse über alles!

„Ida hat einen gemeinen Brief bekommen“, sagt Rabbat.
„Vollgemalt mit Totenköpfen!“
Murphy brummt.
Wer macht denn so was?

Ida ist ein Mädchen
mit roten Zöpfen.
Sie geht
in die Schule
der magischen Tiere.

Idas magisches Tier ist Rabbat.
Wenn Ida Kummer hat,
tut Rabbat alles,
damit Ida wieder lacht.
Ist das nicht schön?

„Du musst uns helfen!“,
ruft Rabbat.
„Du bist groß und stark!
Kommst du mit zu Ida?“

Murphy nickt.
Er holt eine Lupe
und packt sie
in den Rucksack.
Für alle Fälle.

Der Brief

Ida wohnt am Johannisplatz,
direkt über einem Frisör.
Dort arbeiten Idas Eltern.

Murphy, Rabbat und Ida
setzen sich
auf den Teppich.
„Ich konnte
die ganze Nacht
nicht schlafen“,
sagt Ida.

„Hab keine Angst“, sagt Rabbat.
Er legt die Pfote auf Idas Hand.
„Murphy hilft uns!
Er ist groß und stark.“

„Zeig mal den Brief!“,
ruft Murphy.
Ida holt ihn.
Oder das,
was davon übrig ist.
Der Brief ist
in Stücke gerissen.

Murphy zieht seine Lupe hervor.
Einige Schnipsel haben
grüne Flecken.
An einem klebt Glibber.
Oder ein Popel?
Igitt!

Murphy guckt sich
die Buchstaben an.
Sie sehen krakelig aus.
„Das hat ein Kind geschrieben“,
sagt der Eisbär.

„Aber wer?“, fragt Ida.
„Ich kenne niemanden,
der so schreibt.“

Murphy liest:
„IDA“,
„WAFFEN“
und „BLUT“.
„Ach du
dicke Bohne!“,
ruft er.

„Die Schnipsel lagen vor dem Haus“,
sagt Ida. „Unter dem Briefkasten.“

„Ohne Umschlag?“, fragt Murphy.
„Ohne Umschlag“, antwortet Ida.
„Dann kam der Brief nicht
mit der Post“, sagt Murphy.
„Jemand hat ihn selbst gebracht.“
„Aber wer?“, ruft Rabbat.

„Es muss jemand sein,
den Ida kennt.
Gibt es jemanden,
der Ida nicht mag?“,
fragt Murphy.

„Nein!“, ruft Rabbat.
„Ida ist nett!
Alle Kinder in der Schule
sind nett!“

Plötzlich klopft es am Fenster.
Es ist Leonardo,
das Streifenhörnchen.
Leonardo wohnt in einem Baum
vor Idas Haus.

Ida öffnet das Fenster.
„Komm rein“, sagt sie.

„Keine Zeit!“,
ruft Leonardo.
„Ich baue ein Nest.
Ich wollte nur Hallo sagen!“

„Ich habe Nüsse für dich“,
sagt Ida.
Leonardo liebt Nüsse!
Er frisst alle auf.

Dann springt er davon.
Nur die Spuren
auf dem Fensterbrett
verraten,
dass er da war.

Murphy fragt Ida:
„Wen magst du am liebsten
in deiner Klasse?“
Ida und Rabbat tuscheln.
Dann sagt Ida:
„Jo! Jo ist süß!
Mit Gel in den Haaren
sieht er aus
wie ein Pinguin.“
Ida wird rot.

„Und wen magst du nicht so sehr?“,
fragt Murphy.
„Helene“, antwortet Ida.
„Sie trägt ihre Nase
ganz weit oben.
Genau wie
ihr Kater!“

Ob Helene den Brief
geschrieben hat?
„Ich nehme die Schnipsel mit“,
sagt Murphy.
Ida und Rabbat nicken.

Pfannkuchen für alle

Die Erdmännchen haben
großen Hunger.
Sie haben den ganzen Tag
im Garten gebuddelt.

Es gibt Pfannkuchen.
Das ist Murphys Leibspeise!
„Pfanntastisch!“,
ruft der Eisbär.
Das sagt er immer,
wenn er sich freut.

Dabei gibt es das Wort gar nicht! Nur „fantastisch“.

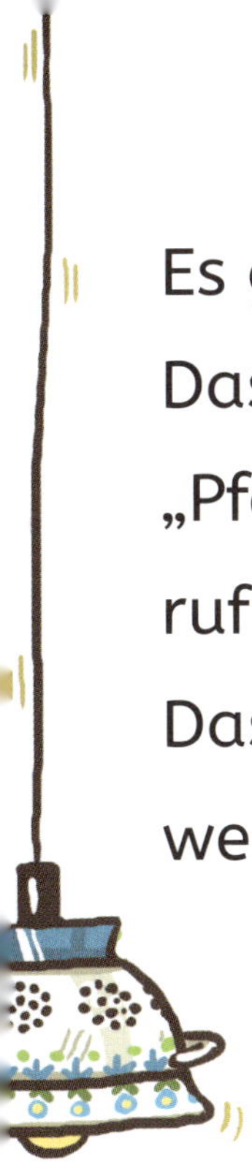

Nach dem Essen holt Murphy
die Schnipsel heraus.
Er legt sie
auf den Tisch.

„OMA“, liest der Eisbär.
„ORT“ und „GELD“.
Will jemand Geld von Ida?
Soll Ida es
an einem geheimen Ort
übergeben?
An eine Oma?
Knifflig!

Da landet Pinkie
auf dem Tisch.
„Was machst du da?“,
fragt sie.

„Ich will wissen,
was hier steht“,
sagt Murphy.
„Diesen Brief
hat Ida bekommen.
Die Frage ist nur,
von wem!“

Pinkie spaziert über die Schnipsel.
„Gibt es Spuren?“, fragt sie.

Murphy lacht. „Klar!
Spuren von Ida und Rabbat.
Spuren von meinen Pfoten
und von deinen dreckigen Krallen.“

„Pah!“ Pinkie flattert hoch.

„Oh, Totenköpfe!“, ruft sie.

„Die habe ich schon mal gesehen ...“

„Wo?“, fragt Murphy.

„In der Schule“, sagt Pinkie.

„Dann müssen wir dort suchen!“,

ruft Murphy.

„Wir müssen ein Kind finden,

das Totenköpfe mag!“

Hallöchen!

Die Kinder schwitzen
über ihren Heften.
Da flattert Pinkie herein.
Sie landet auf Idas Tisch.

„Hallöchen!", ruft Pinkie.
Die Kinder heben die Köpfe.
„Hallo Pinkie!"

„Zeigt mal eure Hefte!",
ruft die Elster.
„Aber dalli!"

Alle lachen.
Auch die Lehrerin.
Pinkie lobt Idas Heft:
„Sehr ordentlich!“

Sie schimpft mit Benni:
„So viele Flecken!“
„Mach’s besser!“,
ruft Henrietta.

Henrietta ist eine Schildkröte.
Sie hilft Benni immer.
Denn sie ist Bennis
magisches Tier!

„Suchst du was?“,
fragt die Schildkröte.
„Verrate ich nicht“,
sagt Pinkie frech.

Rabbat erzählt Henrietta
von dem Brief.
Henrietta ruft empört:
„Also, Benni war es nicht!
Er ist Idas Freund.“

Pinkie guckt zu Henrietta.
„Ich war es auch nicht“, sagt die Schildkröte.
Das weiß Pinkie.
Henrietta kann gar nicht schreiben.

„Ich würde Ida Blumen schicken“, sagt Henrietta.
„Mädchen mögen Blumen, oder?“
Rabbat lächelt. „Ida schon.“

Pinkie sucht weiter
nach Totenköpfen.
Sie schaut
in alle Schultaschen.

Na so was!
Überall Totenköpfe!
Nur bei Helene nicht.
Helene mag lieber
Prinzessinnen.

In der magischen Zoohandlung

Mittags klingelt es.
Es sind Ida und Rabbat,
Benni und Henrietta.
„Wir helfen euch“,
sagt Benni.

Da flattert auch Pinkie herein.
„Was hast du herausgefunden?“,
fragt Murphy.

„Eddie malt Totenköpfe“, sagt die Elster.

„Franka trägt Haarspangen mit Totenköpfen.

Jo hat einen Pulli mit Totenkopf!“

„Eddie, Franka und Jo sind nett“, sagt Ida. „Die machen so was nicht!“

„Und Helene?“,
fragt Murphy.

Pinkie schüttelt den Kopf.
„Weit und breit
kein Totenkopf.
Alles rosa!“

„Zeig mal den Brief!“,
ruft Benni.
Murphy gibt Benni den Brief.
Henrietta schnüffelt.
„Riecht nach Frisör“,
sagt sie.
„Gibt es beim Frisör Waffeln?“

„Ach, Henrietta!“
Benni lacht.
„Da steht WAFFEN,
nicht WAFFELN.“

„Steht hinten auch was drauf?“,
fragt die Schildkröte.
Der Eisbär dreht das Blatt um.
Hoppla, da sind Spuren!
Die kennt er doch …
„Wir müssen los!“,
ruft Murphy.
„Auf zum Johannisplatz!“

So ein Schlingel!

Pinkie fliegt vorneweg.
Die anderen eilen hinterher.

Ein Mann reibt sich die Augen.
„Was macht denn der Eisbär hier?
Kommt der aus dem Zoo?“

„Das ist nur ein Kostüm!“,
ruft Ida und lacht.

„Wir proben für unser Theaterstück!“
Rabbat freut sich,
dass Ida wieder lachen kann.

Schon sind sie da.
Ida will die Tür öffnen,
aber Henrietta ruft:
„Guckt mal, da oben!“

Auf dem Briefkasten
sitzt Leonardo!
Mit den Pfoten zieht er
Briefe aus dem Briefkasten.

Murphy lacht.
„Passt auf!
Gleich haben wir
den Fall gelöst!“

Die Freunde verstecken sich
hinter dem Baum.
Leonardo wirft die Post
auf den Boden.

Na so was,
er zerreißt sie!
Mit den Schnipseln
klettert er
den Baum hinauf.

„Leonardo baut ein Nest“,
sagt Murphy.
„Aus Schnipseln.“

Pinkie fliegt zu Leonardo.
Die anderen hören,
wie sie schimpft.
„Du denkst nur an dich!“,
ruft Pinkie.
„Ich will es warm haben!“,
ruft Leonardo.

„Ich gebe dir ein Paar Socken!“,
ruft Ida nach oben.
„Und fünf Haselnüsse extra!
Bitte, Leonardo!“

Pinkie kehrt zurück.

Mit allen Schnipseln im Schnabel!

Murphy legt sie zusammen.

Jetzt steht da:

Der Brief hat viele grüne Flecken.

Bestimmt von Jos Haargel!

Die Freunde müssen lachen.

So ein Wirbel!

Wegen einer Einladung

zum Eisessen!

„Pfanntastisch!", ruft Murphy.
„Der Fall ist gelöst.
Heute Nacht schlummern wir
tief und fest."

„Du vielleicht!" Rabbat grinst.
„Ida kann bestimmt nicht schlafen.
Sie ist doch in Jo verknallt!"

„Bin ich nicht“, sagt Ida.

„Bist du eben doch“,

neckt sie Rabbat.

Er springt zu Ida.

Sie schlingt die Arme um ihn.

„Vielleicht ein bisschen“,

flüstert Ida.

„Aber dich habe ich am allerliebsten!“

„Komm, Pinkie“, sagt Murphy,
„wir gehen heim.“
Die beiden laufen zurück.
Nein, Pinkie fliegt zurück.

Murphy denkt nach.
Er ist gern ein Detektiv.
Rätsel lösen macht Spaß!

Ob er bald einen neuen Fall hat?
Am besten, er schreibt alles auf.
Für alle Fälle.

Protokoll Fall Nummer 1:

Der grüne Glibber-Brief

Tatort:

Idas Briefkasten

Worum ging's?

Um Geld und Waffen

Gelöst nach:

einem Glas Limo,

fünf Schokokeksen,

sieben Pfannkuchen

Was kam noch heraus?

Jo sieht aus

wie ein Pinguin.

Das magische Rätsel

1. Wo sitzt der Eisbär und isst Kekse?
2. Was für ein Tier hat Benni?
3. Was ist Murphys Leibspeise?
4. Wo arbeiten Idas Eltern?
5. Was liebt Rabbat über alles?
6. Was packt Murphy in den Rucksack?
7. Wie heißt die Elster?
8. Was trinkt Murphy im Garten?
9. Was baut Leonardo?

Trage hier die Antworten ein.

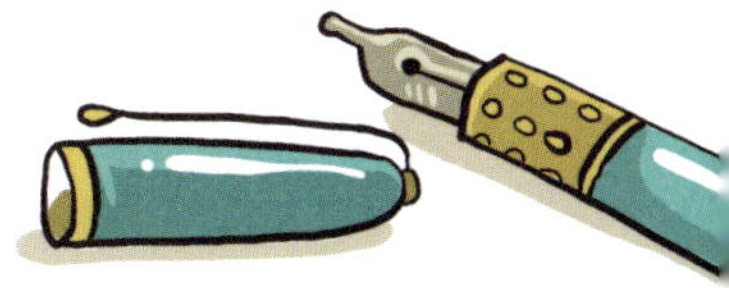

Was gibt es im Eiscafé Roma?

Schreibe hier die Buchstaben aus den Kästchen mit derselben Farbe hinein.

Die magische Lösung

Hast du es gewusst?

3↓ PFANNKUCHEN

4→ FRISÖR

9→ NEST

6↓ LUPE

7→ PINKIE

5↓ KEKSE

8→ LIMO

2→ SCHILDKRÖTE

1→ GARTEN

Was gibt es im Eiscafé Roma?

G R U S E L - E I S

DIE SCHULE DER MAGISCHEN TIERE
ERMITTELT

Band 1:
DER GRÜNE GLIBBER-BRIEF
ISBN 978-3-551-65591-2

Band 2:
DER HAUSSCHUH-DIEB
ISBN 978-3-551-65592-9

Leichte Kinderkrimis mit den beliebten magischen Tieren.
Ideal für Leseanfänger: mit extragroßer Schrift, Sinnumbrüchen,
vielen bunten Bildern und Leserätsel – einfach magisch!

Band 3:
DER KOKOSNUSS-KLAU
ISBN 978-3-551-65592-9

Band 4:
DER FLÖTENSCHRECK
ISBN 978-3-551-65594-3

CARLSEN

WWW.CARLSEN.DE

Leseprobe aus DIE SCHULE DER MAGISCHEN TIERE ERMITTELT

Der Hausschuh-Dieb

„Was ist passiert?“, fragt Rabbat.
„Die Hausschuhe des Direktors sind weg“, sagt Murphy.
„Er glaubt, ein Kind hat sie geklaut!“

„Also, Benni war es nicht!“,
ruft Henrietta.
„Der Direktor hat sie
bestimmt verbummelt.“

Ida schnippt mit dem Finger.
„Lasst uns im Kiosk nachsehen!
Dort sammelt der Hausmeister
die Fundsachen.“

Ob sie dort die Hausschuhe finden?
Oder gibt es wirklich
einen Dieb
in der Schule?

Lies auch den 2. Fall!

EINFACH LESEN LERNEN

HAST DU SCHON ALLE?

HEIDI:
BARFUSS IN DEN BERGEN
ISBN 978-3-551-69030-2

SISSI:
DIE PFERDE-PRINZESSIN
ISBN 978-3-551-69043-2

DIE FEUERWEHR
KOMMT NACKIG HER
ISBN 978-3-551-69066-1

THEO UND MARLEN:
AUF DER INSEL
ISBN 978-3-551-69033-3

ZARI UND NIVAAN –
DIE GESCHICHTE EINER
FLUCHT
ISBN 978-3-551-69006-7

ZOFF! BUMM! BÄMM! –
EIN STREITBUCH
ISBN 978-3-551-69088-3

WWW.CARLSEN.DE

CARLSEN

Band 1: Der grüne Glibber-Brief
Band 2: Der Hausschuh-Dieb
Band 3: Der Kokosnuss-Klau
Band 4: Der Flötenschreck

Willst du dein eigenes magisches Tier zeichnen?
Nina Dulleck zeigt dir in ihrem Youtube-Kanal, wie es geht!

MIX
Papier | Fördert gute Waldnutzung
FSC® C002795

Umschlag und Innenillustrationen: Nina Dulleck
Umschlaggrafik: Sabine Reddig
Redaktion & Konzeption: Claudia Scharf
Lektorat: Jacqueline Guse
Satz und Herstellung: Constanze Hinz
Lithografie: Margit Dittes Media, Hamburg
978-3-551-65591-2
carlsen.de
Mit Fragen zur Produktsicherheit wenden Sie sich bitte an:
carlsen.de/kontakt